Tedi-bêr y Sêr

Dawn Coulter-Cruttenden

Addasiad Non Tudur

Roedd Jac a Tedi yn ffrindiau **mawr**.

Roedden nhw'n gwneud popeth gyda'i gilydd.

Roedden nhw'n mynd i bobman gyda'i gilydd.

Mi fyddai Jac yn cario Tedi yn ei **fag ysgol**.

Mi fyddai yn ei gario yn ei **sach gefn**.

Ac mi fyddai yn ei gario yn ei **freichiau**.

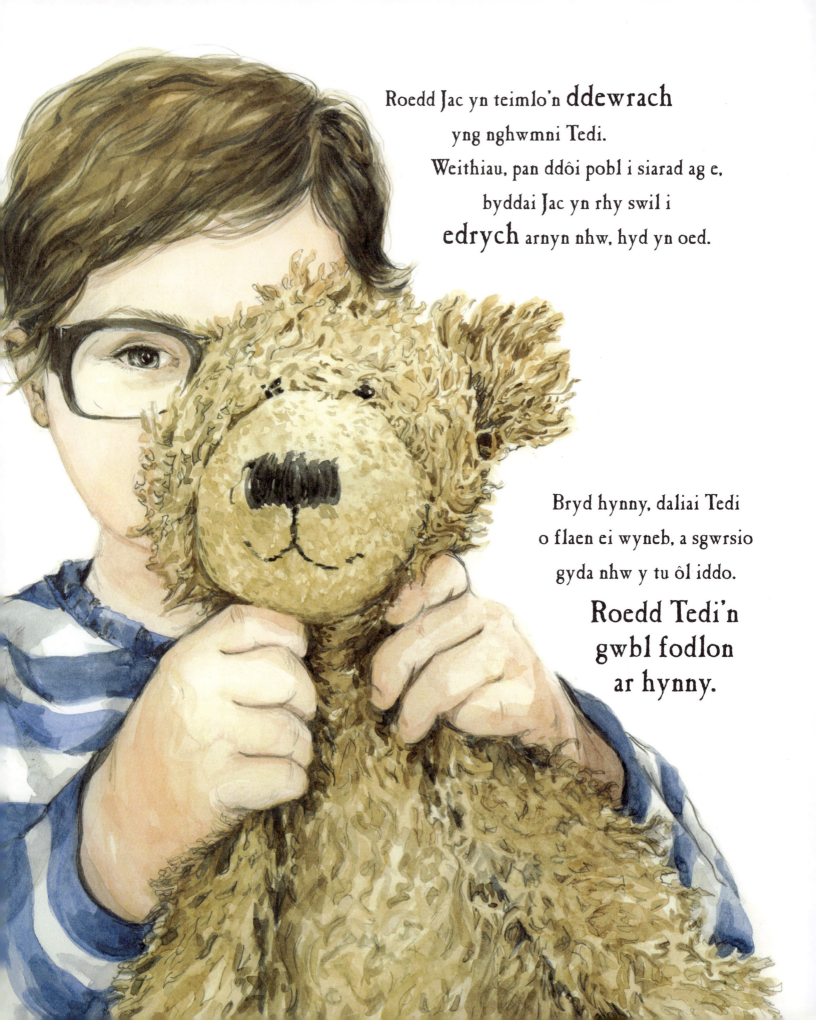

Roedd Jac yn teimlo'n **ddewrach**
yng nghwmni Tedi.
Weithiau, pan ddôi pobl i siarad ag e,
byddai Jac yn rhy swil i
edrych arnyn nhw, hyd yn oed.

Bryd hynny, daliai Tedi
o flaen ei wyneb, a sgwrsio
gyda nhw y tu ôl iddo.
**Roedd Tedi'n
gwbl fodlon
ar hynny.**

Yn seiliedig ar stori wir . . .

Mae Jac yn saith oed, ac yn awtistig. Tedi oedd ei gyfaill
mynwesol, yn ei helpu i wynebu'r byd o'i gwmpas.
Pan aeth Tedi ar goll, dyma dad Jac yn rhoi neges ar
Twitter a lledodd honno fel tân gwyllt wrth i
bobl dros y byd glywed am stori ei fab.

Mae llyfr stori a llun hardd Dawn Coulter-Cruttenden
yn dangos sut y llwyddodd Jac i ddygymod â thwll
siâp-tedi bêr yn ei fywyd, diolch i garedigrwydd eraill.

Plis,

ydych chi wedi
gweld fy rhedi
ac a anewch chi
ddod ag e nôl i Jac.
os ffeindiwch chi e.

Diolch

I Martha, Gracie a Hal,
ond yn arbennig i Jack.
Dawn Coulter-Cruttenden

Cyhoeddwyd gan Rily Publications Ltd 2020

Rily Publications Ltd,
Blwch Post 257,
Caerffili,
CF83 9FL

Hawlfraint yr addasiad
© Rily Publications Ltd 2020

ISBN 978-1-84967-451-5

Addasiad gan Non Tudur

Cyhoeddwyd gyntaf yn Saesneg
yn 2020 dan y teitl *Bear Shaped*
gan Oxford University Press,
Great Clarendon Street,
Oxford OX2 6DP

Hawlfraint y testun a'r darluniau
© Dawn Coulter-Cruttenden 2020

Cedwir pob hawl

Cyhoeddwyd gyda chymorth ariannol
Cyngor Llyfrau Cymru

Argraffwyd yn China

RILY

www.rily.co.uk

I Luc, gyda chariad.
LT — Rily

Pan fyddai Jac yn teimlo'n **nerfus**
am drio rhywbeth newydd,

fe gâi Tedi roi cynnig arni gyntaf
fel bod Jac yn gwybod
bod popeth yn iawn.

Roedd Tedi'n gwbl fodlon ar hynny hefyd.

Pan fyddai ar Jac eisiau llonydd, a dianc rhag y byd a'i stŵr,
gwnâi nyth gysurus gyda Tedi.

Bydden nhw'n darllen
gyda'i gilydd,
gan **gwtsho**
yn hapus braf.

Un noson, dangosodd Jac i Tedi sut i dynnu llun tedi-bêr disglair
trwy dynnu llinell rhwng y sêr – fel pos dot-i-ddot yn y nen.

Roedd Jac yn glyfar iawn, meddyliai Tedi.

Doedd e ddim fel

unrhyw Jac arall yn y byd.

Ffrind **Tedi** oedd Jac.

Gydag amser, aeth ffwr blewog Tedi yn esmwyth a llyfn
am fod Jac yn ei gwtsho a'i garu cyn gymaint.

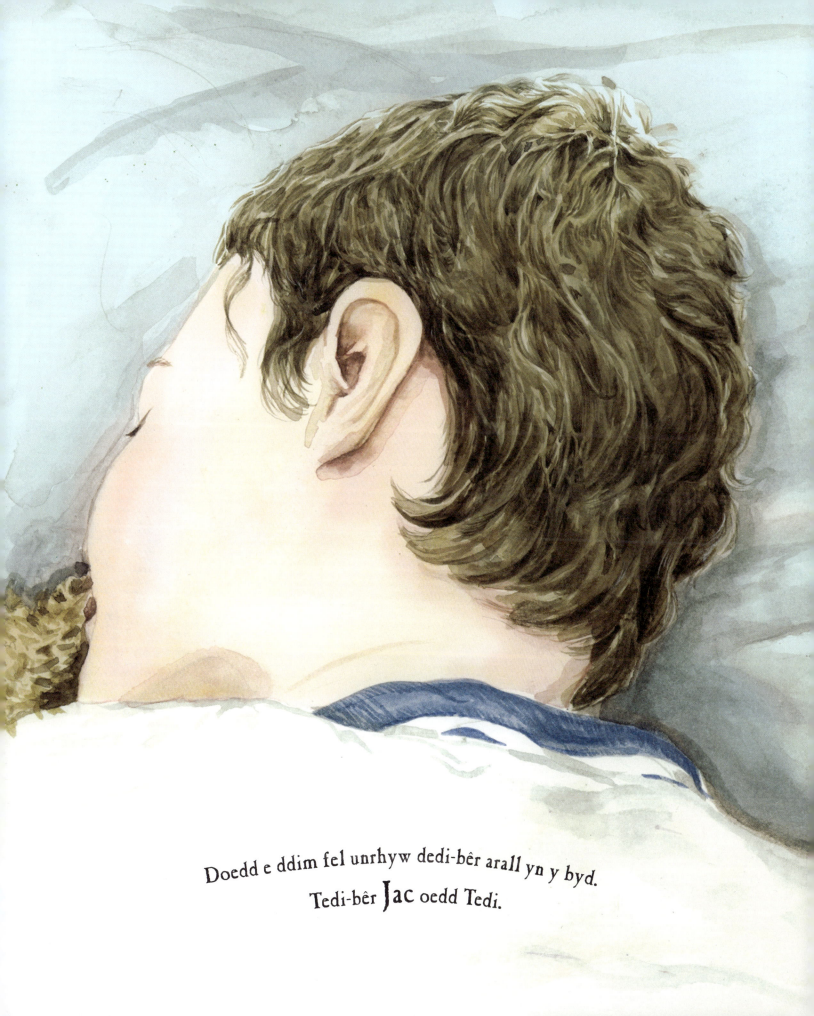

Doedd e ddim fel unrhyw dedi-bêr arall yn y byd.
Tedi-bêr Jac oedd Tedi.

Un bore, fe gododd Jac a
Tedi yn gynnar iawn . . .

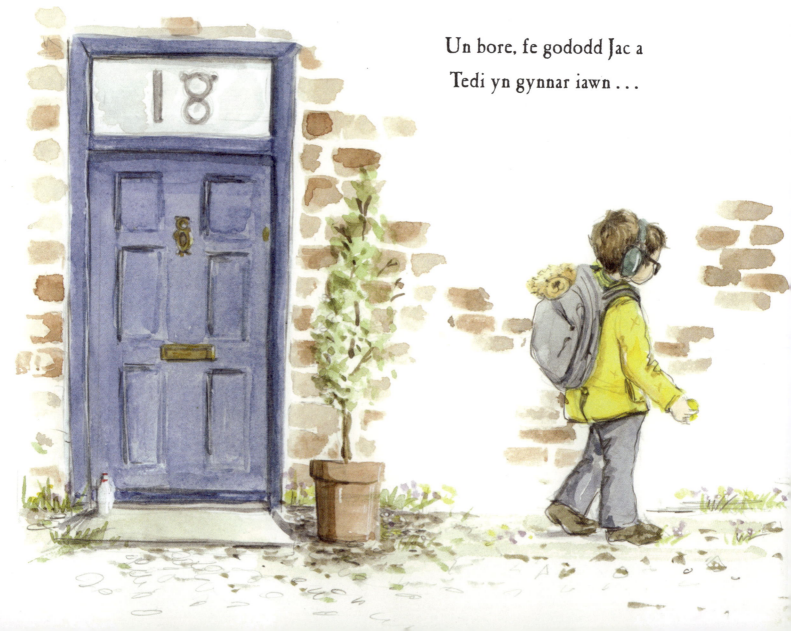

. . . a threulio'r diwrnod
cyfan yn y parc.

Rywbryd yn ystod
y diwrnod penodol hwnnw . . .

. . . diflannodd Tedi.

Doedd Jac ddim yn gwybod **pryd** yn union.

Na **sut** yn union.

Nac **ymhle** yn union ...

Roedd Tedi jyst wedi ... MYND.

Teimlodd Jac wacter mawr yn ei stumog.
Twll siâp Tedi. Twll trist,
gwag, a oedd yn gwneud dolur.

Doedd Jac ddim yn hoffi hynny o gwbl.

Am eiliad neu ddwy ar ôl i Jac ddihuno yn y bore,
doedd yna'r un twll. Yna byddai'n edrych at
lle'r oedd Tedi yn arfer cysgu, ac yn cofio.
Roedd Tedi wedi mynd.

A byddai'r twll yn agor eto.

Roedd Jac yn colli Tedi cymaint
fel ei fod yn meddwl
ei fod yn ei weld o hyd.

Roedd fel pe bai Tedi ym
mhobman ac yn **unman** ar yr un pryd.

Gofynnodd ei fam a'i dad i bawb
gadw llygad am Tedi.

Dyma nhw'n gofyn hyd yn oed
i bobl nad oedden nhw'n eu nabod:
dieithriaid llwyr!

Yn y cyfamser,
penderfynodd Jac
wneud posteri.

Fe'u rhoddodd **ym mhobman**.

Byddai rhywun bownd
o ddod o hyd i Tedi
a'i hebrwng adref,
meddyliodd.

Ond wnaeth neb.

Un bore, digwyddodd rhywbeth hynod.

Daeth parsel siâp tedi-bêr yn y post.

Roedd tedi-bêr mawr blewog yn y parsel.

O, roedd yn dedi-bêr hyfryd . . .

. . . ond nid *Tedi* mohono.

Drannoeth, daeth tedi-bêr arall yn y post.

Y diwrnod wedyn, un arall.

Yna un arall . . .

ac un arall . . . ac un arall . . .

Daeth llu o negeseuon hefyd. O bob cwr o'r byd.

Llythyron, nodiadau, a lluniau gan bobl o'u tedi-bêrs eu hunain.
Anfonodd rhai hen dedi-bêrs. Eraill dedi-bêrs newydd.

Roedd yr holl ddieithriaid a oedd wedi clywed am Tedi wedi siarad gyda dieithriaid eraill . . .

. . . a'r rheiny wedi siarad gyda dieithriaid eraill . . .

. . . a'r rheiny wedi siarad gyda dieithriaid eraill . . .

. . . nes bod cannoedd ar gannoedd o bobl
yn cadw llygad allan am Tedi.

Roedden nhw i gyd rywsut yn deall sut roedd Jac yn teimlo.
Roedd sawl un ohonyn nhw wedi teimlo'r twll gwag yna.

Gydag amser,

dechreuodd y

twll siâp tedi

fynd yn llai amlwg,

oherwydd yr holl

haelioni.

Dechreuodd Jac

sylweddoli ei fod

wedi bod yn lwcus iawn

o fod wedi cael

ffrind fel Tedi.

Dechreuodd wenu eto

wrth gofio'u holl anturiaethau,

eu cyfrinachau,

a'u cwtshys.

Yna, cafodd Jac bwl o dristwch.
Nid drosto'i hun y tro yma.
Nid dros Tedi chwaith.

Meddyliodd yn hytrach am yr holl rai hynny nad oedd
wedi cael nabod tedi-bêr fel Tedi. Meddyliodd am
yr holl bobl a oedd wedi colli ffrind fel Tedi.
Ac mi wnaeth Jac benderfyniad mawr, dewr,
siâp tedi-bêr . . .

Penderfynodd roi'r holl dedis newydd i bobl eraill.

Mi wyddai fod yna blant eraill
yr oedd hefyd angen rhywbeth arbennig
arnyn nhw i fedru bod yn ddewr.

Tedi-bêr i'w gwtsho
a chreu atgofion
gydag e.

Am fod yr holl garedigrwydd yn ei galon,
deallai Jac y byddai Tedi
gydag e **bob amser**,
er nad oedd wrth ei ymyl.

Na, ni fyddai'n gallu
cario Ted yn ei fag ysgol.

Ni fyddai'n gallu
ei gario yn ei sach gefn.

Ac ni fyddai'n gallu
ei gario yn ei freichiau.

Ond byddai **bob amser**

yn ei gario yn ei galon . . .

...fel gwên tedi-bêr y sêr.